Shadows of Despair

(Les ombres du désespoir)

Édition : BoD · Books on Demand,
31 avenue Saint-Rémy, 57600 Forbach,
bod@bod.fr
Impression : Libri Plureos GmbH,
Friedensallee 273, 22763 Hamburg
(Allemagne)
ISBN : 978-2-3225-4278-9
Dépôt légal : Mars 2025

Chapitre 1 : Virage vers l'inconnue

La pluie battait violemment contre le pare-brise, réduisant presque à néant la visibilité sur cette route sinueuse et déserte. Matthew, absorbé dans ses pensées, regrettait déjà d'avoir pris la voiture seul après cette prestigieuse exposition où ses œuvres avaient une fois de plus fasciné collectionneurs et critiques d'art. L'art, pour lui, n'était pas seulement une vocation, mais une obsession. Un besoin de traduire ses pensées et ses émotions les plus profondes en images qui frappent et perturbent. De l'extérieur, il pouvait sembler froid, distant, presque inaccessible, mais ses yeux d'un bleu intense, presque glacé, trahissaient une profondeur intérieure que seul un regard attentif pouvait déchiffrer. Ses cheveux bruns, un peu éparse sur les tempes, étaient coiffés négligemment, témoignant d'un manque d'attention pour des détails qu'il jugeait superflus. Son apparence pâle, son air légèrement tendu et sa silhouette élancée reflétaient l'intensité avec laquelle il vivait sa passion. Son esprit, toujours en ébullition, se concentrait sur des idées complexes, des émotions difficiles à saisir, qu'il traduisait sur ses toiles. Mais ce génie créatif, bien qu'admiré, le laissait souvent dans un état de solitude, en quête perpétuelle de sens.

Le domaine où s'était tenue la cérémonie était perdu en pleine campagne, et la nuit était d'un noir d'encre, à peine percée par les phares de son véhicule. Il serra les mains sur le volant, crispé, alors qu'une vague de regrets l'envahissait. Il se sentait seul, comme toujours après l'exposition, malgré les regards fascinés des invités et les compliments des collectionneurs. La reconnaissance des autres ne faisait que creuser un vide qu'il ne pouvait combler, une insatisfaction qui s'insinuait toujours plus profondément en lui. Le trajet de retour ne faisait qu'ajouter à son malaise, comme si chaque virage dans la nuit était une métaphore de son propre cheminement intérieur.

Un panneau surgit dans le faisceau de ses phares. Il haussa un sourcil. Bizarre, il ne se rappelait pas être passé par là à l'aller. Le voyant des freins clignota. Soudain, il appuya sur la pédale de frein avant un virage serré. Rien. Aucune réponse. Son cœur s'emballa. Il appuya plus fort, mais toujours rien. Une sueur froide lui coula dans le dos alors que son véhicule continuait sa course folle sur la chaussée détrempée. Les pneus glissèrent, la voiture dérapa et, avant qu'il ne puisse réagir, elle quitta la route pour plonger violemment dans un fossé. Le choc fut brutal. Sa tête heurta violemment le tableau de bord avant que l'obscurité ne l'engloutisse complètement.

Lorsqu'il ouvrit les yeux, tout était flou. Une douleur lancinante lui vrillait le crâne, et il sentit qu'on le traînait sur le sol froid et humide. L'odeur de terre mouillée envahissait ses narines. Une silhouette se dessinait au-dessus de lui, une femme, à peine discernable dans l'obscurité ambiante.

— Tenez bon, souffla une voix douce mais ferme.
Matthew tenta de parler, mais un goût métallique emplissait sa bouche. Il referma les yeux, trop faible pour lutter contre la douleur et le vertige.

Lorsqu'il les rouvrit, il était installé sur un canapé, une couverture épaisse recouvrant son corps douloureux. Une cheminée crépitait non loin de lui, répandant une chaleur réconfortante dans la petite pièce au décor rustique. Il tourna lentement la tête et vit la femme qui l'avait secouru. C'était une brune d'une quarantaine d'années, au regard perçant et bienveillant. Elle lui tendit une tasse fumante.

— Buvez, cela vous fera du bien.

Encore étourdi, il prit la tasse entre ses mains tremblantes et porta le liquide chaud à ses lèvres. Le goût du thé infusé aux herbes lui fit du bien, lui ramenant un semblant de lucidité.

— Où suis-je ? demanda-t-il d'une voix rauque.

— Chez moi. Vous avez eu un terrible accident, je vous ai trouvé sur la route et vous ai ramené ici. Je suis Elena.

Matthew hocha faiblement la tête. Il

observa la pièce. Une vieille horloge au mur, arrêtée sur 2h13. Il essaya de se redresser, mais une vive douleur à la poitrine l'obligea à se rallonger.

— Vous devriez rester tranquille, ajouta Elena avec douceur. Vous avez peut-être des côtes cassées.

Il ferma les yeux un instant, tentant d'assembler les morceaux de ce qu'il venait de vivre. Un frisson le parcourut. Les freins qui ne répondaient plus… Était-ce un accident ou quelque chose de plus sinistre ?

Elena l'observait avec attention, un air indéchiffrable sur le visage. Matthew sentit un étrange pressentiment s'installer en lui. Qui était vraiment cette femme qui l'avait sauvé ?

Chapitre 2 : Les toiles du mystère

Le lendemain matin, une lumière tamisée filtrait à travers les rideaux épais de la pièce. Matthew ouvrit les yeux en sursaut, le corps engourdi et l'esprit encore embrumé. Il tenta de se lever, mais une douleur fulgurante le cloua sur place.

Elena entra dans la pièce avec un plateau sur lequel reposaient une assiette de pain, un pot de miel et une tisane fumante. Son sourire était rassurant, mais Matthew ne pouvait se défaire de cette sensation d'inconfort.

— Comment vous sentez-vous ce matin ? demanda-t-elle en posant le plateau sur la table basse.

— Mieux, je crois. Merci encore pour votre aide, répondit-il en s'efforçant de cacher sa méfiance.

Elena s'assit en face de lui, ses mains jointes sur ses genoux.

— Vous êtes encore faible. Il va falloir vous reposer ici quelques jours. La tempête a coupé la route principale, et votre voiture est inutilisable.

Matthew fronça les sourcils. Il se souvenait à peine de son véhicule après l'accident, mais l'idée d'être coincé dans cette maison isolée lui plaisait peu.

— Vous vivez seule ici ? demanda-t-il pour changer de sujet.

Elena hocha la tête, son regard se perdant un instant dans les flammes de la cheminée.

— Oui. Mon mari est mort il y a quelques années. Depuis, je vis ici, loin du tumulte de la ville.

Un silence s'installa entre eux, seulement troublé par le crépitement du feu. Matthew but une gorgée de tisane, cherchant un moyen de détourner la conversation vers ce qui le préoccupait vraiment.

— À propos de mon accident… Avez-vous vu quelque chose d'anormal sur la route ?

Elena releva lentement les yeux vers lui. Son regard s'assombrit légèrement, et elle hésita avant de répondre.

— Non. Juste vous, inconscient sous la pluie.

Matthew sentit une vague d'inquiétude le traverser. Il avait la désagréable impression qu'elle ne lui disait pas tout. Et si son accident n'en était pas vraiment un ?

Dans l'après-midi, alors qu'Elena était occupée dans une autre pièce, Matthew se leva avec difficulté et explora discrètement la maison. Il remarqua des tableaux accrochés aux murs, tous d'une beauté frappante, mais un détail le troubla. Certains portaient la signature de peintres célèbres, supposés avoir disparu ou être morts depuis des années. Il s'arrêta devant un portrait détaillé d'un homme qu'il reconnut immédiatement : un artiste renommé, disparu sans laisser de traces il y a plusieurs décennies.

Son cœur se mit à battre plus vite. Comment Elena avait-elle mis la main sur ces œuvres ? Il continua son exploration et tomba sur un tableau encore plus troublant : une voiture en train de déraper sous une pluie battante. Son propre accident.

Son sang se glaça. Comment était-ce possible ? Il jeta un regard en arrière pour s'assurer qu'Elena ne l'observait pas, puis s'approcha du tableau. Une signature en bas attira son attention. Ce n'était pas celle d'Elena… mais celle d'un artiste qu'il connaissait bien et qui était supposé être mort depuis des années.

L'inquiétude se mua en terreur. Cette femme savait-elle bien plus qu'elle ne le prétendait ?

Il devait sortir d'ici, et vite.

Tandis qu'il s'éloignait prudemment de l'atelier, un craquement résonna dans le couloir. Son sang se figea. Il venait d'effleurer une planche mal ajustée. Il retint son souffle, écoutant les bruits autour de lui.

Un froissement. Des pas. Elena approchait.

Le cœur battant à tout rompre, Matthew referma discrètement la porte de l'atelier et, ignorant la douleur, regagna précipitamment le canapé. Il s'allongea juste à temps avant que la porte de la pièce ne s'ouvre.

Elena le scruta, plissant légèrement les yeux.

— Vous allez bien ? demanda-t-elle d'une voix qui semblait plus méfiante qu'inquiète.

— Oui… juste une crampe, mentit-il en serrant les poings sous la couverture.

Elle le fixa un instant, puis hocha lentement la tête avant de repartir. Matthew expira avec précaution. Il avait frôlé la catastrophe.

Mais pour combien de temps encore ?

La nuit tombait rapidement, et la maison semblait se resserrer autour de lui comme un piège. Matthew n'arrivait pas à se défaire de cette sensation de malaise qui ne cessait de grandir en lui. Elena était une énigme, et il avait l'impression que chaque détail, chaque regard qu'elle lui lançait, cachait quelque chose d'invisible mais d'inquiétant. Il n'était pas sûr de ce qu'il redoutait le plus : l'idée d'être piégé ici, ou l'idée que la vérité, si elle éclatait, pourrait être bien plus sinistre que ce qu'il imaginait.

L'odeur persistante du thé, de bois brûlé et de terre humide se mêlait à l'air. Il repensa au tableau qu'il avait vu plus tôt, cette voiture dérapant sous la pluie. Son accident. Sa propre voiture. Le temps qu'il avait perdu à la contempler semblait se tordre en un cercle vicieux. Comment un artiste pouvait-il peindre une scène qu'il vivait, des années avant que cela n'arrive ? Et pourquoi la signature de cet autre peintre – celui censé être mort depuis des décennies – apparaissait sur tous ces tableaux ? Un frisson glacial parcourut son échine.

Il n'avait pas l'intention de laisser Elena manipuler ses pensées. Il devait comprendre ce qui se passait ici. Et pour cela, il allait devoir prendre des risques.

Chapitre 3 : Dans l'ombre des secrets

Après quelques heures, quand la maison s'était assoupie dans le silence de la nuit, Matthew se leva discrètement de son canapé. Le bruit de la pluie contre les fenêtres semblait étouffer tout ce qu'il faisait. Il se glissa hors de la pièce, se dirigeant vers l'escalier qui menait à l'étage. L'obscurité était totale, mais il avait mémorisé la disposition de la maison. Il savait exactement où il devait aller.

À l'étage, il trouva la porte qui semblait se fondre dans le mur, presque invisible. La poignée était froide sous ses doigts. Il hésita un instant. Et s'il se trompait ? Mais l'idée que des réponses se cachaient derrière cette porte devint insupportable. Il tourna lentement la poignée.

Le cri de la porte, grinçant dans le silence, lui fit presque manquer un battement de cœur. Il entra dans la pièce. À l'intérieur, une grande bibliothèque occupait presque tout l'espace. Des étagères chargées de livres anciens et de gravures, et au fond, une grande toile recouverte d'un drap blanc. Le sang de Matthew se glaça lorsqu'il aperçut un petit bureau près de la fenêtre. Des papiers étaient éparpillés dessus. Il s'approcha, jetant un regard furtif. Une feuille attira son attention : un document qui semblait être une sorte de contrat, un accord signé par plusieurs artistes… dont l'un des noms correspondait à celui qu'il avait vu sur les tableaux. Le même qui était censé être mort depuis des années.
Sa main trembla légèrement en touchant le papier. Il n'y avait pas de doute. Cela ne pouvait pas être une simple coïncidence. Cette pièce, la bibliothèque, le contrat… tout cela le reliait à quelque

chose de beaucoup plus vaste, de beaucoup plus ancien.

Il s'apprêtait à examiner davantage le document quand il entendit un bruit sourd venant du bas de l'escalier. Des pas. Puis, la porte d'entrée qui s'ouvrait. Il se figea, chaque fibre de son être tendue vers l'ombre de la silhouette qui se dessinait dans la lumière tamisée de l'entrée.

Élan de panique. Elena était rentrée plus tôt que prévu.

Il se précipita vers la porte pour sortir de la pièce, mais avant qu'il ne puisse l'atteindre, il aperçut Elena dans le couloir, un regard neutre posé sur lui. Elle s'arrêta juste devant la porte.

— Vous allez bien ? demanda-t-elle d'une voix calme, presque trop calme.

Matthew, le cœur battant, se retourna lentement vers elle. Il était figé, sa respiration presque imperceptible. Il ne voulait pas qu'elle remarque qu'il était en train de fouiller dans la pièce. Tout ce qu'il pouvait faire, c'était jouer la carte de la normalité.

— Oui, juste un peu de douleur, répondit-il rapidement, en cherchant à donner l'impression qu'il se remettait difficilement de l'accident. Vous êtes rentrée plus tôt.

Elena hocha la tête et s'approcha, s'arrêtant à quelques pas de lui. Un léger sourire effleura ses lèvres, mais il ne parvenait pas à le lire. Il sentait qu'elle le scrutait, mais elle n'avait pas l'air de l'avoir surpris. Peut-être qu'elle n'avait rien remarqué… ou bien savait-elle exactement ce qu'il avait fait ? La question le taraudait.

— J'ai été chercher des provisions au village, expliqua-t-elle simplement. Il faudrait peut-être que vous reposiez un peu plus.

Matthew se força à sourire, bien que l'angoisse s'intensifiait. L'idée de retourner dans cette pièce, à la recherche de plus de réponses, semblait encore plus risquée maintenant. Il n'était pas sûr qu'il aurait une autre chance, et pourtant, il savait qu'il devait en savoir plus.

— Oui, je… je vais me reposer, murmura-t-il, tout en se dirigeant lentement vers le canapé.

Elena le suivit des yeux mais ne sembla pas insister davantage. Elle s'éloigna sans dire un mot, laissant Matthew seul dans le silence de la maison. Le calme avait retrouvé sa place, mais lui, il ne pouvait s'empêcher de se sentir sur le qui-vive. Chaque bruit, chaque mouvement dans la maison prenait une dimension différente.

Il s'allongea sur le canapé, le cœur toujours battant fort. À l'extérieur, la pluie ne cessait de marteler les fenêtres, comme un écho des battements de son propre cœur. Il avait l'impression que l'ombre d'un danger invisible flottait autour de lui, une présence qu'il ne pouvait pleinement saisir, mais qui ne cessait de se renforcer.

La nuit s'éternisait, et Matthew savait que son instinct ne pouvait plus être ignoré. Il devait continuer à explorer, mais il devait être prudent. Il n'était pas seul ici, mais qui était vraiment Elena ? Et pourquoi avait-elle l'air de tout savoir sans rien dire ?

Il se força à fermer les yeux, espérant que le sommeil l'emporterait et lui offrirait un répit. Mais dans l'obscurité de la pièce, le sentiment que tout cela ne faisait que commencer, grandissait. Le piège se resserrait lentement autour de lui, et il était de plus en plus difficile de discerner ce qui était réel et ce qui ne l'était pas. Combien de secrets encore cette maison cachait-elle ?

Chapitre 4 :
L'ombre de la vérité

Le soleil se leva timidement, inondant la pièce d'une lumière douce mais franche, qui contrastait avec la nuit noire qui semblait s'accrocher encore aux coins de la maison. La chaleur du matin envahissait lentement la pièce, mais Matthew se sentait toujours aussi tendu. Il n'avait pas réussi à dormir pleinement. Des rêves, ou peut-être des cauchemars, l'avaient hanté toute la nuit, remplis de visages inconnus et de sensations de déjà-vu. L'atmosphère dans cette maison l'étouffait, et Elena n'aidait en rien à dissiper son malaise.

Elle entra dans la pièce, un plateau de petit-déjeuner à la main. Ses pas étaient légers, mais Matthew les percevait comme lourds de signification, chaque mouvement, chaque regard semblant peser de tout son poids sur lui. Elle posa le plateau devant lui avec une tendresse qu'il trouvait presque trop calculée.

— Bon matin, Matthew. Vous avez bien dormi ? demanda-t-elle avec un sourire doux, mais ses yeux semblaient le scruter avec une attention un peu trop intense.

Matthew répondit mécaniquement en attrapant la tasse de café, essayant de se concentrer sur la chaleur de la boisson pour chasser la tension. Mais Elena, comme si elle attendait ce moment depuis longtemps, se rapprocha et s'assit, l'air calme, presque trop calme.

— Vous devez être épuisé, après ce qui vous est arrivé… L'accident, la tempête, tout ça. Mais ça ne vous a pas fait réfléchir un peu sur la direction que vous avez donnée à votre vie, non ?

Le ton de sa question était tranquille, mais il y avait un sous-entendu, une pression qu'il n'arrivait pas à expliquer. Matthew fronça les sourcils, mal à l'aise.

— Je… Je ne suis pas sûr de comprendre ce que vous voulez dire, répondit-il en gardant son calme.

Elle le fixa silencieusement pendant un instant, ses yeux perçants comme des aiguilles qui piquaient chaque mot qu'il prononçait. Puis elle lança une nouvelle question, encore plus directe cette fois.

— Vous avez toujours voulu être artiste, n'est-ce pas ? Ou c'est venu plus tard, après des événements… disons, marquants dans votre vie ?

Les mots s'accrochèrent dans la gorge de Matthew. Comment savait-elle ça ? Il n'avait parlé de sa carrière à personne ici. Pas à elle. Et il se souvenait à peine du détail de sa propre histoire. Une vague de malaise s'étendit en lui.

— J'ai commencé assez tôt… C'est difficile à expliquer, répondit-il d'un ton hésitant.

Mais Elena ne sembla pas prête à lui offrir le moindre répit. Elle s'inclina légèrement en avant, ses yeux ne le quittant pas. Il sentit une pression invisible qui pesait sur lui, l'incitant à répondre d'une manière qu'il n'était pas prêt à assumer.

— Vous savez, il est curieux de voir à quel point certaines personnes peuvent se cacher derrière des œuvres d'art. Vous avez l'air d'avoir un certain… masque. Mais dites-moi, qui êtes-vous vraiment derrière vos toiles, Matthew ? Est-ce que l'artiste que vous êtes aujourd'hui a quelque chose à voir avec l'homme que vous étiez avant ? Avant que vous ne fassiez ce que vous faites maintenant ?

Matthew se figea. Ses mains, qui étaient posées sur la table, se crispèrent légèrement. Cette question le frappait de plein fouet. Quelqu'un avait-il observé sa vie de près pour en savoir autant ? C'était plus qu'inquiétant.

— Je… j'ai changé, c'est tout. Tout le monde change avec le temps, répondit-il d'un ton un peu plus sec, espérant que la conversation se détournerait.

Mais Elena, sans se laisser démonter, continua de plus belle.

— Vous avez quitté votre famille pour poursuivre vos rêves, n'est-ce pas ? Vous avez dû faire des sacrifices. Mais est-ce que ces sacrifices vous ont valu la peine ? Parce qu'à en juger par votre art, il semble que vous ayez… beaucoup d'amertume, non ? Vous êtes un homme qui fuit quelque chose. Qui fuyez-vous, Matthew ? Qu'est-ce qui vous empêche de vous regarder dans un miroir et de vous voir tel que vous êtes vraiment ?

La chaleur de la tasse contre ses lèvres ne suffisait plus à apaiser la froideur qui envahissait ses membres. Chaque parole d'Elena semblait pénétrer dans son esprit comme un poison lent, érodant ses défenses. C'était trop précis, trop personnel. Elle savait des choses qu'elle ne pouvait pas savoir.

— Ce n'est pas comme ça que ça s'est passé, murmura-t-il, mais il était bien trop tard. Ses paroles résonnaient déjà dans un écho d'angoisse.

Mais Elena ne s'arrêta pas là. Elle le regarda fixement, les yeux plongés dans les siens, comme si elle attendait qu'il admette une vérité qu'il n'avait même pas conscience d'avoir cachée.

— Et ce n'est pas tout. Vous avez aussi une fascination pour la solitude, n'est-ce pas ? Vous l'avez toujours recherchée. Vous aimez vous perdre dans vos propres pensées, loin des autres. Mais au fond de vous, vous savez que c'est une fuite. Une fuite de la vie, de la réalité. Vous vous sentez vivant uniquement lorsque vous êtes loin des gens, de ce monde qui vous oppresse, n'est-ce pas ? Et ces accidents, ces moments où vous vous trouvez au bord de la catastrophe… c'est une manière pour vous de vous confronter à vos propres limites, à vos peurs. Vous cherchez à comprendre, à vous prouver quelque chose. Mais quoi exactement, Matthew ?

Chaque mot, chaque question laissait une marque sur lui, et il se sentait de plus en plus nu face à cette femme qui semblait avoir vu à travers lui, comme si elle connaissait son âme plus profondément que lui-même.

Il essaya de garder son calme, mais les morceaux de son passé, ceux qu'il avait mis de côté et dont il n'avait jamais parlé à personne, refirent surface, comme des spectres venus le hanter. Une fuite en avant, une vie marquée par des choix qu'il regrettait, mais qu'il n'avait jamais eu le courage d'affronter. Elena semblait tirer chaque fil de son existence, révélant des vérités qu'il n'était même pas prêt à accepter.

Elle attendait. Elle le fixait comme un prédateur qui attendait que sa proie se montre prête à céder.

— Vous voyez, ce n'est pas si difficile à comprendre, dit-elle en appuyant doucement. Vous êtes un homme brisé, Matthew, mais vous ne voulez pas que le monde le sache. Vous cachez vos démons derrière vos peintures. Mais au fond, tout ça ne vous rend pas plus fort, n'est-ce pas ? Cela vous détruit à petit feu.

Un silence lourd s'installa, emplissant la pièce d'une tension insupportable. Matthew se sentit soudainement vulnérable, un sentiment qu'il n'avait jamais vraiment connu jusqu'à ce moment. Il ne savait plus quoi répondre, ni comment réagir. Chaque question d'Elena le faisait se sentir plus petit, plus fragile.

La conversation n'était plus une simple discussion innocente. C'était un piège. Et lui, il s'y était laissé prendre.

Matthew n'avait pas fermé l'œil de la nuit. La pression de la conversation de ce matin l'avait éreinté, mais une idée persistait dans son esprit, comme un éclat de verre sous la peau, qui ne voulait pas s'en aller. Elena… Elena n'était pas celle qu'elle semblait être. Elle savait trop de choses, elle posait trop de questions personnelles, trop intimes, et tout ça, il ne l'avait pas imaginé. Quelque chose clochait. Il devait en savoir plus, comprendre.

Chapitre 5 : Découverte fatale

Ce matin-là, alors qu'Elena avait pris l'habitude de s'absenter pour se rendre au village voisin afin d'acheter quelques provisions, Matthew n'avait pas hésité. Il s'était glissé hors de la pièce, en profitant de la tranquillité de la maison. Il se dirigea vers l'atelier où il avait fait une découverte plus tôt, et il ne comptait pas s'arrêter là. Une fois à l'intérieur, il se mit à fouiller plus intensément, écartant les toiles, renversant quelques papiers. Son cœur battait plus fort à chaque seconde.

Sur une étagère, il aperçut une pile de vieux magazines d'art. Il les feuilleta rapidement, les yeux agrandis par la stupeur. Des articles anciens, des photographies, des critiques. Des noms d'artistes célèbres… Et là, au milieu, une photo de lui. Un cliché pris lors de l'une

de ses premières expositions. Il était jeune, presque un enfant comparé à l'homme qu'il était devenu aujourd'hui. Ses mains tremblèrent tandis qu'il attrapait d'autres articles, tous plus détaillés les uns que les autres, parlant de son art, de ses peintures, de son évolution. Mais il y avait quelque chose d'inquiétant dans tout ça, quelque chose qu'il n'avait jamais vu dans ses propres archives. Ces articles n'étaient pas ceux qu'on trouve dans les journaux ou les revues spécialisées. Ces articles avaient un ton trop personnel, trop… obsédant.
Il continua sa recherche. Plus il fouillait, plus il découvrait des choses effrayantes. Des photographies de lui prises lors de ses différentes expositions, des moments où il avait été photographié, mais aussi des photos d'autres artistes qu'il reconnaissait. Des peintres qu'il avait admirés pendant sa carrière, tous morts dans des circonstances mystérieuses.

Tous, sans exception, avaient disparu de la scène artistique après un certain temps. Son sang se glaça lorsqu'il tomba sur une photo qu'il n'avait jamais vue. Des corps, disposés dans un coin sombre d'une pièce, un endroit qui semblait… familier. Ces visages étaient ceux d'artistes disparus, tous reconnus dans le monde de l'art. La vérité lui frappa comme un coup de tonnerre : chaque corps qu'il voyait dans ces images portait la marque d'une étrange précision. C'était des artistes, des génies, comme lui, qui avaient disparu pendant des années, et qui avaient tous un point commun : ils étaient tous morts après avoir produit des œuvres qui, au fil du temps, devenaient de plus en plus sombres, désespérées. Des œuvres qui n'étaient pas seulement la résultante de l'inspiration d'un artiste, mais de la torture mentale et physique qu'ils avaient endurée.

Matthew sentit son cœur battre la chamade. Les pièces du puzzle se mettaient en place. Elena, cette femme qui l'avait sauvé, n'était pas celle qu'elle prétendait être. Elle avait observé ces artistes pendant des années, elle les avait suivis dans leurs carrières, les avait repérés, enlevés, et les avait forcés à créer, avant de les tuer. Chaque œuvre était un dernier hommage à la souffrance infligée. Cette maison, cet endroit isolé, n'était qu'un piège, une scène de crime cachée sous le masque d'une hôtesse bienveillante.

Il s'approcha de la dernière page du dossier. Il n'eut pas besoin de lire les mots. Les photos parlaient d'elles-mêmes. Une série d'images montrant des peintres disparus, certains sous des angles étranges, d'autres dans des poses grotesques, souvent liés à leur art, comme s'ils étaient forcés à reproduire des scènes de leur propre mort imminente. La dernière image, prise de façon macabre, montrait un atelier dans lequel il reconnaissait la pièce dans laquelle il se trouvait. Mais dans cette image, au fond, là où il avait posé les pieds juste quelques instants avant, il y avait quelque chose qu'il n'avait pas remarqué : un cadavre. Un corps mutilé, sans vie. C'était un artiste disparu depuis des années, qu'il avait vu dans les archives. Il comprit alors que ce cadavre n'était autre que la dernière victime d'Elena.

Chapitre 6 : L'œuvre de la dernière nuit

Alors qu'il commençait à assimiler la totalité de cette découverte glaçante, un bruit dans le couloir fit sursauter Matthew. La porte s'ouvrit lentement, et Elena apparut, les bras chargés de paquets. Elle sourit chaleureusement, comme si rien n'avait changé.

— Je vois que vous êtes bien occupé, Matthew. Vous avez trouvé ce que vous cherchiez ? demanda-t-elle d'une voix calme, presque chantante.

Les mots de Matthew se bloquèrent dans sa gorge, le souffle court. Chaque fibre de son être lui criait de fuir, de courir, mais une partie de lui savait que ça ne servait à rien. Il avait compris la vérité. Elle était là, dans cette pièce, devant lui, et il n'avait nulle part où aller. Il la regarda dans les yeux, le poids de la découverte pesant sur lui comme un fardeau.

— Elena… c'est vous… vous avez… tué tous ces artistes, n'est-ce pas ? Vous les avez enlevés, manipulés… créés leurs chefs-d'œuvre à travers leur souffrance, et puis vous les avez tués…

Elle le regarda sans sourciller, un sourire toujours figé sur ses lèvres.

— Vous êtes plus intelligent que vous n'en avez l'air, Matthew. Mais c'est trop tard. Vous avez vu trop de choses. Vous comprendrez bientôt que, comme les autres, vous n'avez plus d'échappatoire.

Matthew sentit une panique glacée s'emparer de lui. Son cœur battait dans sa poitrine comme un tambour de guerre, mais ses jambes étaient incapables de bouger. Il était pris au piège. Elle l'avait observé, elle savait qu'il finirait par comprendre, et maintenant… elle allait l'emmener dans le même enfer que tous les autres.

Elena fit un pas en avant, les paquets tombant sur le sol dans un bruit sourd. Elle tendit la main vers lui, avec une douceur presque effrayante.

— N'ayez crainte, Matthew. Vous allez créer une œuvre magnifique. Une œuvre éternelle.

Matthew n'eut même pas le temps de réagir. La tension dans l'air était palpable, lourde, presque électrique. Elena avançait toujours vers lui, son sourire glacé imprimé sur son visage, ses yeux brillants d'une lueur qu'il n'arrivait pas à identifier. Il savait que chaque seconde passée ici pourrait être sa dernière. Il devait agir, et vite.

Elle tendit la main pour l'attraper, mais Matthew se leva d'un coup, renversant le fauteuil sur lequel il était assis. Il sentit une douleur fulgurante dans sa poitrine, mais il ne s'arrêta pas. Son instinct de survie était plus fort que tout. Il se précipita vers la porte, mais avant qu'il ne puisse l'atteindre, Elena la ferma d'un coup sec, bloquant son chemin.

— Où pensez-vous aller ? susurra-t-elle d'une voix douce, presque chantante, alors qu'elle s'approchait lentement.

Matthew regarda autour de lui, son esprit cherchant désespérément une issue. Ses yeux tombèrent sur un couteau de cuisine posé sur le comptoir à quelques pas. Il n'hésita pas une seconde. Il fonça vers l'ustensile et le saisit fermement, l'air déterminé. Il avait l'intention de se défendre, quoi qu'il en coûte. Il savait que sa seule chance de s'en sortir était de mettre fin à ce cauchemar maintenant.

— Vous n'avez pas idée de ce dont je suis capable, souffla-t-il en brandissant le couteau devant lui.

Elena s'arrêta, un sourire amusé flottant toujours sur ses lèvres. Elle ne semblait pas effrayée. Mais ses yeux, eux, brillaient d'une lueur étrange, comme si elle attendait cela depuis le début.

— Vous croyez que vous pouvez m'arrêter avec un simple couteau ? Vous n'êtes qu'un artiste, Matthew. Vous êtes fait pour créer, pas pour tuer, lui dit-elle avec un rire léger, presque enfantin.

Matthew sentit une rage incontrôlable monter en lui. Il n'était pas simplement un artiste. Il n'était pas une marionnette, un jouet que l'on manipule à sa guise. Il se sentait prêt à tout. Il fit un mouvement rapide vers Elena, son couteau visant son visage. Mais avant qu'il n'atteigne sa cible, elle esquiva d'un mouvement fluide, presque surnaturel, et d'un coup sec, elle saisit son bras, le tordant avec une force inattendue.

La douleur dans son poignet fut insupportable. Il lâcha le couteau, et celui-ci tomba au sol dans un bruit sourd. Mais Elena ne le laissa pas respirer. Elle l'envoya violemment contre le mur. Le choc fut brutal. Matthew sentit sa tête heurter le béton, et une éclatante lumière blanche envahit son esprit.

Quand il reprit conscience, il était allongé sur le sol, le souffle court. Sa vision était floue, mais il voyait Elena se pencher au-dessus de lui, ses yeux brillants d'une fascination malsaine.

— Vous m'avez déçu, Matthew. Je croyais que vous étiez plus fort que ça. Mais vous êtes comme tous les autres. Si vulnérable. Si fragile. C'est pour ça que vous êtes ici. Parce que vous m'intéressez, vous, vos œuvres, et tout ce que vous pouvez encore offrir au monde, dit-elle en caressant lentement son visage.

Matthew se redressa difficilement, sa tête tourbillonnant. Il devait sortir d'ici. Il n'avait pas le choix. Mais alors qu'il tentait de se lever, il remarqua une porte au fond de la pièce, presque invisible, dissimulée derrière une bibliothèque. C'était sa chance. Ses jambes tremblaient sous lui, mais il s'efforça de se diriger vers la porte en boitillant, espérant qu'Elena ne s'en aperçoive pas tout de suite.

Mais, trop tard. Elena se leva soudainement, une expression de rage traversant son visage. En un instant, elle se retrouva à sa hauteur, le saisissant par le col avec une force surnaturelle et le projetant au sol. Elle se pencha sur lui, son visage à quelques centimètres du sien.

— Vous croyez que vous pouvez m'échapper ? demanda-t-elle dans un murmure glacial.

Ses mains s'agrippèrent à son visage, serrant ses mâchoires avec une telle force que Matthew eut l'impression que ses dents allaient se briser. Mais il ne voulait pas se rendre. Il ne voulait pas mourir dans cette maison.

D'un coup de pied désespéré, il heurta un vase posé à côté de lui. Le vase se brisa en mille morceaux, mais dans le même mouvement, il attrapa un fragment de verre tranchant. Il utilisa la douleur lancinante de son bras pour puiser dans sa rage et, dans un geste rapide, il enfonça le morceau de verre dans le bras d'Elena.

Elle poussa un cri de douleur et recula brusquement. Matthew se précipita en avant, essayant de se relever, mais il n'eut pas le temps. Elle était déjà sur lui, mais son bras ensanglanté la ralentit. Elle se tenait la plaie, tremblante, les yeux pleins de fureur.

— Vous ne pouvez pas vous échapper, Matthew, dit-elle entre ses dents serrées. Ce n'est pas la fin. Ce n'est que le début.

Elle leva la main, prête à l'atteindre à nouveau, mais Matthew n'eut plus le temps de réfléchir. Dans un ultime élan, il se jeta sur la porte cachée, la forçant à s'ouvrir. Il tomba à genoux dans un couloir sombre. La peur et l'adrénaline brûlaient dans ses veines.

Il courut sans se retourner. Mais les bruits de pas d'Elena derrière lui se rapprochaient. Il n'avait pas beaucoup de temps. Tout ce qu'il pouvait espérer, c'était que cette porte, ce couloir, le mèneraient à une issue. À une vraie sortie.

Le cauchemar était loin d'être fini. Mais peut-être, juste peut-être, qu'il avait encore une chance.

Matthew se précipita dans le couloir sombre, sa respiration haletante, son esprit envahi par la panique. Ses pas résonnaient sur le sol froid alors qu'il avançait à toute vitesse, sans aucune idée de ce qui l'attendait. Il n'avait jamais été aussi déterminé de sa vie. S'il voulait sortir vivant de cet enfer, il devait garder son calme et ne pas se laisser submerger par la terreur qui le rongeait.

Il tourna brusquement à droite, espérant que ce virage le mènerait à une issue, une fenêtre, une porte dérobée – n'importe quoi. Ses yeux cherchaient frénétiquement autour de lui. Le couloir était long et étroit, les murs étaient recouverts de toiles poussiéreuses, des œuvres qu'Elena avait probablement laissées là, comme des témoins silencieux de son crime.

Soudain, un cri strident retentit derrière lui. Elena. Elle était encore là, bien plus proche qu'il ne l'aurait cru. Il entendait ses pas précipités se rapprocher, sa respiration saccadée. Chaque fraction de seconde était un supplice.

Matthew ne s'arrêta pas. Il n'avait pas le droit de s'arrêter. Ses jambes étaient en feu, mais il ne pouvait pas céder à la douleur. Il jeta un coup d'œil derrière lui. Elena était là, son visage déformé par la rage. Elle courait sur lui, prête à le saisir à nouveau. Mais dans sa main ensanglantée, elle tenait quelque chose. Une lame.

Le temps sembla ralentir. Matthew vit la brillance de la lame, et son cœur s'emballa. Il savait qu'il n'y avait plus de place pour la fuite. Il fallait agir, et vite. Il chercha autour de lui, et son regard s'arrêta sur une porte au bout du couloir. Elle était ouverte. Une lueur de lumière filtrait de l'intérieur. Cela pourrait être une issue, ou un piège. Mais il n'avait pas le choix.

Il se précipita vers la porte, la poussant d'un coup sec. Il entra dans la pièce, le souffle court, et ferma la porte derrière lui. Il s'effondra contre elle, haletant, mais il n'eut pas le temps de souffler. Des bruits de pas lourds résonnèrent immédiatement derrière lui. Elle n'allait pas le laisser tranquille.

La pièce était plus grande que ce qu'il avait imaginé. C'était un atelier, mais pas comme les autres. Des toiles immenses recouvraient presque tout l'espace. Et dans un coin, il aperçut quelque chose qui fit accélérer son cœur. Un chevalet, sur lequel reposait une toile qu'il ne reconnaissait que trop bien : son propre visage, peint dans un style sombre et torturé, presque irréel.

Il s'approcha de la toile, pris d'une étrange fascination. Ce qu'il voyait n'était pas un simple portrait. Les yeux de la peinture semblaient le fixer, intenses, emplis d'une souffrance qu'il n'avait jamais ressentie. Il en était presque captivé, comme si la peinture elle-même était vivante, comme si elle renfermait quelque chose de maléfique. Il tendit la main pour la toucher, mais la porte derrière lui s'ouvrit brusquement avec un fracas.

— Vous ne pouvez pas vous échapper, Matthew, dit Elena dans un souffle rageur, son visage figé par la folie.

Matthew se retourna, et au moment où il vit la lame briller à nouveau, il sauta sur le côté, échappant de justesse au coup. La douleur dans son ventre était vive, mais il ne s'arrêta pas. Il roula au sol, se redressa d'un coup, et chercha frénétiquement autour de lui une arme ou un moyen de se défendre.

À ses pieds, il aperçut une palette de peinture, avec des pinceaux et des tubes de peinture dispersés. Il n'hésita pas. Il attrapa un pinceau, l'arme la plus proche, et fonça vers Elena en la frappant avec toute la force qu'il pouvait rassembler.

Elle recula d'un pas, surprise par son attaque. Mais elle n'était pas blessée. Elle le regarda avec dédain, comme si elle le trouvait pathétique.

— Vous pensez vraiment que vous pouvez me battre, avec ça ? Elle lâcha un rire glacial. Vous êtes encore trop naïf, Matthew.

Elle s'élança vers lui, la lame s'abattant avec une précision mortelle. Matthew eut juste le temps de parer le coup avec la palette de peinture, l'impact faisant vibrer ses bras. Il se sentit pris au piège. Elle était plus forte, plus rapide, et il n'avait qu'une arme dérisoire entre les mains.

Il esquiva un autre coup, mais son corps était épuisé. Il était sur le point de céder. Mais alors, il aperçut une idée. Dans un éclair de lucidité, il se dirigea vers un pot de peinture à l'huile posé sur une étagère, juste au-dessus de lui. Il le saisit et le lança violemment vers Elena. Le pot éclata en plein vol, aspergeant son visage de peinture noire. Elle hurla de rage, mais ce cri ne fut qu'une distraction de quelques secondes.

Cela fut suffisant pour que Matthew se jette sur elle, la plaçant dans une prise d'étranglement improvisée avec ses bras. Elena lutta furieusement, mais Matthew n'avait plus le choix. Il devait l'arrêter, ou il serait à la merci de ses mains sanguinaires. Il força son bras autour de son cou, la serrant de toutes ses forces, se battant pour chaque seconde de survie.

Elle tenta de le repousser, mais elle était affaiblie par l'attaque surprise. Il la sentit faiblir sous sa prise, ses mouvements devenant plus lents. Un ultime cri s'échappa d'elle avant qu'elle ne cesse de lutter, son corps s'effondrant lentement.

Matthew se laissa tomber en arrière, son souffle erratique. La pièce semblait se refermer autour de lui, comme si l'atelier lui-même était un piège. Elena gisait au sol, son corps inerte.

Chapitre 7 : L'illusion du réveil

Il n'arrivait pas à comprendre ce qui venait de se passer. Il avait survécu, oui, mais il n'avait pas gagné. Le prix était trop élevé, et quelque chose dans l'air avait changé.

Il se redressa lentement, tremblant de fatigue et de douleur. Ses mains étaient toujours couvertes de peinture noire. Il la regarda une dernière fois, la toile de son propre visage, figée, inquiétante. Ses yeux semblaient presque le suivre, déformés par la peinture, comme une dernière moquerie. C'était comme si elle se moquait de sa victoire, de la fuite qu'il croyait avoir accomplie.

En hésitant, il tourna les talons et se précipita vers la porte. Chaque pas résonnait dans l'atelier, amplifiant la tension dans ses muscles.

Il attrapa les clés, ses doigts glissant sur le métal froid, et déverrouilla la porte. Le vent froid le frappa immédiatement, emportant avec lui l'air vicié de la maison. Il s'élança dehors, ses pieds s'enfonçant dans la boue, la pluie ayant cessé de tomber.

Mais alors qu'il courait à travers la forêt, une pensée étrange s'immisça dans son esprit. Il s'arrêta soudainement, haletant, un frisson lui parcourant l'échine. Il n'avait pas pris le temps de vérifier, mais… Elena ne s'était-elle pas éteinte trop soudainement, trop facilement ? Il la revoyait, ses yeux fixes, son corps rigide. Il se tourna brusquement vers la maison, l'atelier maintenant invisible dans la brume du matin.

Un bruit sourd retentit derrière lui, et il se retourna, paniqué. Mais il n'y avait rien. Rien d'autre que les arbres, les ombres et l'écho de son propre souffle. Il continua sa course, sans savoir exactement pourquoi il sentait que quelque chose de bien plus sinistre l'attendait, que son évasion n'était qu'une illusion.

Quand il aperçut enfin la route, ses jambes étaient presque au bord de la rupture. La voiture n'était pas loin, mais alors qu'il s'élançait pour traverser, un cri déchirant s'éleva derrière lui. Il se retourna, le cœur battant à tout rompre.

Il vit alors Elena, debout dans l'entrée de la forêt. Son visage n'était plus celui de la folie, mais celui d'une douleur infinie. Et à cet instant, Matthew comprit. La toile, son propre visage peint, n'était pas seulement une représentation de sa peur. C'était un avertissement. Un avertissement qu'il n'avait pas échappé à son propre destin.

Le cri d'Elena se transforma en un murmure étouffé, puis en silence. Matthew sentit une pression dans sa poitrine, une sensation qu'il n'avait jamais ressentie auparavant. Un poids invisible, lourd, comme si son âme était déjà prise au piège.

La voiture s'arrêta, mais Matthew n'y monta pas. Il se tourna une dernière fois, et en un instant, tout se brouilla dans son esprit. La silhouette d'Elena, un sourire macabre se dessinant sur ses lèvres, s'estompa dans la brume. Puis, une douleur fulgurante lui transperça le crâne. Un choc violent. Son corps bascula en arrière. L'asphalte. Le froid. L'obscurité.

Un bip régulier résonnait dans l'air. Une lumière crue lui brûla les paupières. Matthew ouvrit lentement les yeux, le plafond blanc et impersonnel d'une chambre d'hôpital flottant au-dessus de lui.

— Monsieur, vous m'entendez ? demanda une voix douce.

Il tourna la tête, sentant une douleur sourde irradier dans tout son corps. Une infirmière se tenait à son chevet, un sourire rassurant sur les lèvres.

— Où… où suis-je ? murmura-t-il d'une voix rauque.

— Vous êtes à l'hôpital. Vous avez eu un accident de voiture il y a plusieurs jours. On vous a retrouvé inconscient sur une route après un violent choc. Vous êtes resté dans le coma pendant un moment.

Matthew cligna des yeux, son esprit encore engourdi. Un accident de voiture ? Il tenta de se rappeler… la forêt, Elena, la maison, la toile… Tout lui revint comme un raz-de-marée. Mais quelque chose clochait.

Il comprit alors.

Les coïncidences absurdes. Les événements surréalistes. L'impossibilité de certains détails. Tout ce qu'il avait vécu… Ce n'était qu'un cauchemar. Une illusion née de son esprit troublé.

Et pourtant, alors qu'il inspirait profondément pour retrouver son calme, son regard dériva vers le coin de la pièce.

Une toile. Posée sur une chaise.

Son propre visage peint avec une expression de terreur figée.

Son souffle se coupa.

— Qui… qui a mis ça ici ? demanda-t-il, la gorge sèche.

L'infirmière suivit son regard et plissa légèrement les yeux.

— Cette peinture ? Elle était dans votre voiture lors de l'accident. C'est à vous, non ?

Matthew ne répondit pas. Son cœur battait si fort qu'il en avait la nausée.

— Votre réveil est une bonne nouvelle, mais vous devriez vous reposer, ajouta-t-elle avec un sourire compatissant.

Elle ajusta ses draps et quitta la pièce en refermant doucement la porte. Matthew, lui, ne pouvait pas détourner les yeux de la toile. Un détail nouveau le frappa. Jusque-là, il se souvenait de son propre regard peint avec de la peur. Mais maintenant, il était différent. Ses yeux semblaient fixer quelque chose… non, fixer *lui-même*.

Comme si…

Non. Il délirait.

Il détourna les yeux, cherchant un point d'ancrage, quelque chose de rationnel auquel se raccrocher. Mais alors, dans le silence clinique de la chambre, un murmure s'éleva.

Faible. Presque imperceptible.

Tu crois vraiment que c'est fini ?

Son souffle se coupa. Son regard balaya la pièce, son cœur battant à tout rompre.

Personne.

Juste lui… et son esprit fatigué.

Il ferma les yeux, inspirant profondément. Ce n'était rien. Rien de plus qu'un reste de cauchemar, une illusion persistante.

Mais alors qu'il expirait lentement, il entendit une dernière fois cette voix,

douce et insidieuse, siffler dans son crâne
:

Tu finiras par comprendre.

Son sang se glaça.

Il ouvrit les yeux en grand, fixant la toile comme s'il attendait qu'elle bouge, qu'elle lui apporte une réponse.

Mais il n'y avait que son reflet.

Et pourtant… il avait la terrible impression que, quelque part dans son propre esprit, quelque chose d'autre l'observait.

Quelque chose qui n'attendait qu'une faille pour revenir.